Novato Children's Spanish
E Spanish La~~~~ne
Feliz cu~~~~eaños! :
31~~~~~39891435

W9-AXK-821

Otras aventuras de Nicolás
publicadas por Tramuntana Editorial:
Si yo fuera grande y fuerte
Porque sí
El regalo
La Navidad de Nicolás

Título original: *Bon anniversaire !*
© 2017 Alice Éditions, Bruselas

Traducción del francés: María Teresa Rivas
Diagramación: Editor Service, S.L.

Primera edición en castellano para todo el mundo © mayo 2018
Tramuntana Editorial
c/ Cuenca, 35 – 17220 Sant Feliu de Guíxols (Girona)
www.tramuntanaeditorial.com
ISBN: 978-84-16578-96-2
Depósito legal: GI 66-2018
Impreso en China / Printed in China
Reservados todos los derechos

¡Feliz cumpleaños!

Agnès Laroche

Ilustraciones de Stéphanie Augusseau

Tramuntana

Hoy Violeta se ha puesto
su bonito vestido de tirantes
sobre su blusa blanca.
Y sus zapatos nuevos.
Después se ha peinado
y se ha hecho dos coletas altas,
antes de colocarse todos sus brazaletes
y todos sus collares.

Normal, hoy es un gran día:
¡Violeta celebra su cumpleaños!

Desde esta mañana, espera…

… que pasen las horas, que pase el tiempo.

Sí, espera impaciente, con el corazón acelerado.
Un poco inquieta también.

¡Oh!, sabe muy bien que recibirá regalos muy bonitos,

que papá ha preparado un delicioso pastel,
que mamá ha decorado la casa con guirnaldas y confeti.

Todo está listo para recibir a sus amigos.

Pero lo que no sabe es si Nicolás vendrá.

Ella lo ha invitado, por supuesto, pero ayer se enfadaron,
porque en el recreo él no quiso jugar con ella.
Prefirió hacer una carrera con Tomás y Daniel.

Primero, Violeta se enfurruñó, antes de gritar:
—Si así va a ser, ¡ya no soy más tu amiga!

Él se encogió de hombros y luego respondió:
—Pfff, yo tampoco, ¡jamás en la vida!

Y no se dirigieron la palabra en todo el día.

Entonces, Nicolás ¿vendrá o no vendrá?
Verdaderamente, Violeta no lo sabe.

Sus amigos van llegando uno a uno.   Después Julia, Antonia
Max, el primero.   y María.

El siguiente es Leo.

Hmm, sigue
sin venir Nicolás.

Violeta espera frente a la ventana. ¡Oh! ¡Se ha parado un coche!
Se baja un niño, mejillas sonrosadas y cabellos rubios.
¿Nicolás?

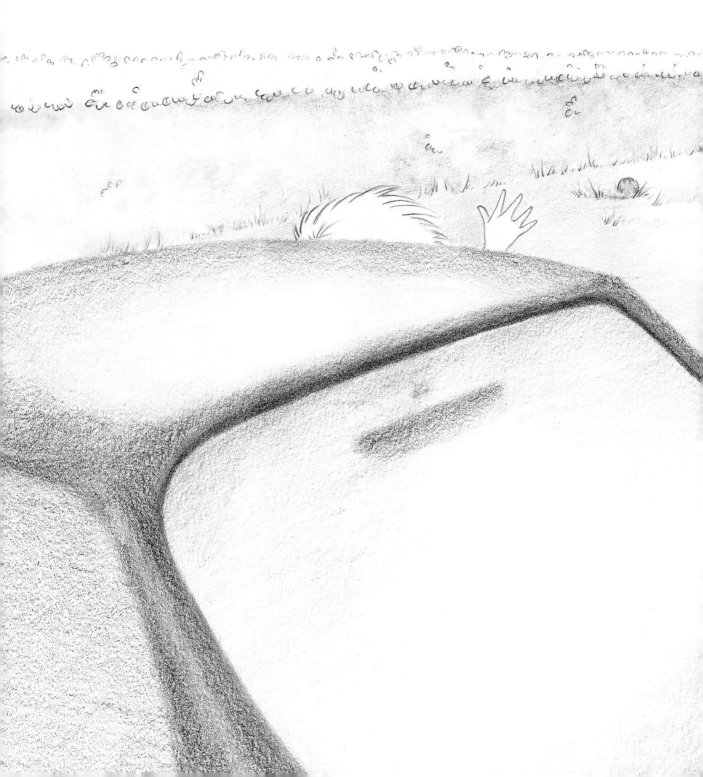

No, es Mateo…
Entonces Violeta suspira, con el corazón afligido.

En breve las velas, en breve el pastel, en breve los regalos, pero, sin Nicolás, Violeta no está de humor para fiestas.

Sus amigos la toman de la mano y quieren arrastrarla al jardín,
pero de repente llaman a la puerta.

Violeta echa a correr, casi sin aliento.
¡Vaya! ¡Es Nicolás, en kimono!

Él le sonríe y susurra:
—Se me ha hecho tarde, estaba en judo.

Luego le entrega una hoja en la que ha dibujado un corazón muy grande.

No, aún más grande.

Aquí está, como este.